VIVE LA LIBERTÉ!

REVUE

Dont l'unique représentation a été donnée
dans la nuit du 17 au 18 janvier 1891
dans la Salle de spectacle des Folies-Bergère.

ÉMILE COLIN. — IMPRIMERIE DE LAGNY

VIVE
LA LIBERTÉ !

REVUE

LIBRE, RAPIDE, INCOHÉRENTE ET ARISTOPHANESQUE

AUTANT QUE POSSIBLE

EN UN ACTE ET QUATRE TABLEAUX

DONT UN PROLOGUE EN DEUX TABLEAUX

PAR

M. JULES LÉVY

MUSIQUE NOUVELLE DE MM. DESORMES ET HIRLEMANN

DÉCOR NOUVEAU DE M. JULES CHÉRET

PARIS

LIBRAIRIE MARPON ET FLAMMARION

E. FLAMMARION, SUCCᴿ

26, RUE RACINE, PRÈS L'ODÉON

A Messieurs

FRANCISQUE SARCEY

HENRI BECQUE

et ÉMILE BERGERAT

*Comme témoignage de la profonde admiration que
j'ai pour leurs talents respectifs.*

JULES LÉVY.

17 Janvier 1891.

DISTRIBUTION

L'ACTEUR DU PROLOGUE..... MM. Saint-Germain (*Palais-Royal*).
L'AGENT DES REVUES... .... Pacra fils (*Casino-de-Paris*).
L'AMATEUR DE MUSIQUE...... Hurbain (*Déjazet*).
BECQUE...................... Tarride (*Nouveautés*).
BERGERAT................... Hirch (*Gymnase*).
LE BOOCKMACKER... .... Roche (*Variétés*).
BOULANGER.................. Launay (*Théâtre-Libre*).
BOUSQUET................... Berville (*Gaîté*).
CARNOT..................... Morlet (*Bouffes*).
LE COCHER DES REVUES..... Deroy (*Vaudeville*).
CONSTANS................... Schutz (*Odéon*).
LE DÉPUTÉ DE LA DROITE... Christian (*Ambigu*).
DÉROULÈDE.................. Marquet (*Odéon*).
1er DOCTEUR :.............. Calvin (*Nouveautés*).
2e DOCTEUR .... Boniface (*Nouveautés*).
L'EMPLOYÉ DE L'ASSISTANCE. Christian (*Ambigu*).
L'EMPLOYÉ DU CHEMIN DE
FER........................ Dechambre (*Déjazet*).
EYRAUD..................... Clovis (*Concert-Parisien*).
FOUROUX .... Regiane (*Eden-Concert*).
FREYCINET. .... Villé (*Eden-Concert*).
GOUSSOT.................... Monvel (*Odéon*).
LE JUGE D'INSTRUCTION...... Sulbac (*Eldorado*).
LE JURÉ .... Mayer (*Vaudeville*).
KOCH....................... Deroy (*Vaudeville*).
LABRUYÈRE.................. Laroche (*Vaudeville*).
LAGUERRE................... Florent (*Variétés*).
LE MARCHAND DE PRONOS-
TICS....................... Paumier (*Odéon*).
MARY-RAYNAUD.............. Clerget (*Variétés*).
NAQUET..................... Leitner Jeune (*Variétés*).
OSHEA...................... Moys (*Théâtre-Libre*).
UN OUVRIER................. Matrat (*Odéon*).
PADLEWSKI.................. Duard (*Odéon*).

PARNELL..................	MM. PAULET (*Variétés*).
PAULUS	BERVILLE (*Gaîté*).
PERIER...........	GOSSET (*Eden-Concert*).
LE PETIT PAULUS............	GUYON fils (*Folies-Dramatiques*).
LE PROPRIÉTAIRE	SIMON (*Théâtre-Libre*).
QUESNAY DE BEAUREPAIRE.	VILLÉ (*Eden-Concert*).
LE REPORTER...............	BURGUET (*Gymnase*).
ROCHEFORT	LI... (*Eden-Concert*).
SARCEY................	VERNET.
LE SÉMINARISTE.............	POLIN (*Eden-Concert*).
LE SOUFFLEUR..............	NUMÈS (*Gymnase*).
1ᵉʳ SPECTATEUR..............	NUMÈS (*Gymnase*).
2ᵉ —	HIRCH (*Gymnase*).
3ᵉ —	ROSEMBERG (*Théâtre-Libre*).
UNE SPECTATRICE (Sarah
   Bernhardt)....................	DELPIERRE (*Casino-de-Paris*).
1ᵉʳ TÉMOIN...................	NUMA (*Odéon*).
2ᵉ —	MAURY (*Odéon*).
THUREAU-DANGIN	LAGRANGE (*Théâtre-Historique*).
LE VIEIL ABONNÉ	ROSEMBERG (*Théâtre-Libre*).
YVES-GUYOT	RÉGIANE (*Eden-Concert*).
ZOLA......................	RENOUX (*Gymnase*).

                                        PACRA.
                                        DANVERS.
LES HUISSIERS	GARANDET.
                                        KERNY.

CHEF-MACHINISTE...........	MARAND (*Folies-Bergère*).
CHEF-GAZIER.	GILBERT (*Folies-Bergère*).
L'AMOUR (1)..... .... Mᵐᵉˢ
L'AFFICHE	G. DURY (*Casino-de-Paris*).
LA CANTINIÈRE...............	J. CLERC (*Casino-de-Paris*).
COULISSES ARTISTIQUES....	Is. DORIAN (*Casino-de-Paris*).
    — COMMERCIALES ..	LOVELY (*Casino-de-Paris*).
    — FINANCIÈRES.....	GENEL (*Casino-de-Paris*).
    —   JUDICIAIRES (2)...
    — LITTÉRAIRES.....	BONNET (*Palais-Royal*).
    — MATRIMONIALES.	BORDO (*Casino-de-Paris*).
    — POLITIQUES......	LETURC (*Palais-Royal*).
    — DE LA PRESSE ...	RENAUD (*Palais-Royal*).
    — SCIENTIFIQUES ..	LUTHÈS (*Bouffes-Parisiens*).
    — DES THÉATRES ..	EYMARD (*Casino de Paris*).
L'ÉLECTRICITÉ..........	MARCIGNY (*Variétés*).
UNE ÉLÈVE DU LYCÉE DE
   JEUNES FILLES.............	Thérèse WALTER (*Comédie-Franç.*).
LA FEMME DE L'ANCIEN MAR-
   CHAND DE BOUCHONS......	DUFAY (*Eldorado*).
LA FEMME DU MONDE........	BERTHIER (*Renaissance*).
LES FOLIES-BERGÈRE	PARALY (*Renaissance*).
UN FUTUR NORMALIEN.	Id.
GABRIELLE BOMPARD........	CARTOUX (*Alhambra*).
MADAME DE JONQUIÈRES...	DANZAS (*Bouffes-du-Nord*).
MADAME X	BAKHAÏ (*Eden*).
L'OMBRE CHINOISE	LANCY (*Scala*).
OSHEA (Madame)..............	J. CLERC (*Casino*).

____

(1) Ce rôle devait être joué par Mademoiselle LARDINOIS (*Bouffes-Parisiens*).
(2) Ce rôle devait être joué par Mademoiselle DIONY (*Cluny*).

LA PANTOMIME.............. Destigny (*Eldorado*).
PIERRETTE................. Rivolta (*Casino-de-Paris*.)
PIERROT................... Garoni (*Casino-de-Paris*).
LA PRÉSIDENTE............. Canti (*Théâtre-Historique*).
LA SECRÉTAIRE............. Thérèse Walter (*Comédie-Franç.*).
SÉVERINE.................. Danzas (*Bouffes-du-Nord*).
LE THÉATRE-LIBRE.......... Canti (*Théâtre-Historique*).
LE THÉATRE-LYRIQUE........ Marcigny (*Variétés*).
LE THÉATRE-MODERNE........ Thérèse Walter (*Comédie-Franç.*).
LA VICE-PRÉSIDENTE........ Cartoux (*Alhambra*).
1re CITOYENNE............. Suzanne.
2e   —   .... Hellen.
3e   —   .... Monge.
4e   —   .... Moreau.
5e   —   .... J. Samara.
6e   —   .... Myriam.
7e   —   .... Olga.
8e   —   .... Deroge.

VIVE
LA LIBERTÉ !

PREMIER TABLEAU

PROLOGUE

L'ACTEUR DU PROLOGUE

Mesdames, mesdemoiselles, messieurs, pardonnez-moi si je viens vous importuner avant le lever du rideau ; mais il vient de se passer une chose telle, que je me vois obligé de vous mettre dans la confidence ; d'autant que je suis chargé de le faire par mes camarades des théâtres de Paris qui doivent prêter leur concours à cette représentation.

J'aime mieux vous dire que ce n'est pas avec l'intention d'amener un scandale que je suis venu faire ici la déclaration que vous allez entendre ; mais l'auteur de « Vive la Liberté ! » a un caractère tellement indécrottable que nous n'avons pu nous entendre et que tous ensemble nous avons mis les pieds dans le plat.

L'auteur tenant à faire plaisir à chacun de nous, avait dit en particulier et à chacun : « Répétez le bout de rôle que je vous donne à la lecture, mais je vous réserve le rôle du compère, vous seul êtes capable de le bien jouer. » Nous répétions, l'auteur lisait le rôle, tout allait bien. Hier, à la dernière répétition, il nous déclarait que le rôle du compère serait supprimé.

Immédiatement, avec un ensemble qui nous fait honneur, nous rendîmes nos rôles et il ne restait plus personne pour interpréter la Revue ; l'auteur était désolé, il nous suppliait de ne pas le laisser dans cet embarras ; mais on ne voulait rien entendre, chacun voulait jouer le compère.

C'est en vain que l'auteur voulait faire comprendre qu'un rôle de compère joué et chanté en chœur ne ferait aucun effet ; rien n'y faisait.

Il me vint alors une idée géniale. « Nous allons, dis-je à mes camarades, nommer le compère au scrutin secret ; ceux qui veulent se présenter n'ont qu'à faire leur déclaration de candidature et il sera procédé à une élection. » Il y avait cent trente-deux artistes, il y eut cent trente-deux déclarations de candidatures.

Il fut convenu que le compère serait nommé à la majorité absolue et qu'en cas de ballottage, les candidats peu favorisés se désisteraient en faveur de celui qui arriverait en tête de liste.

Au premier tour, chacun eut une voix, tous les électeurs ayant pris part au vote.

Il y eut un second tour ; cette fois encore, il n'y eut rien de changé ; quand je dis qu'il n'y eut rien de changé, je me trompe, car j'arrivais en tête de liste avec deux voix et cependant chacun avait sa voix. Comme décemment je ne pouvais accepter cette supériorité sur mes camarades, le nombre de suffrages exprimés ayant dépassé le nombre des électeurs inscrits, j'ai refusé le droit qui m'était donné de profiter au second tour de la majorité relative. C'est alors que *nous nous sommes entendus* et que, d'un commun accord, nous avons accepté les idées de l'auteur. C'est pourquoi « Vive la Liberté ! » n'aura pas de compère ; en revanche, la pièce sera dotée de plusieurs commères. Je tenais à vous en informer et je laisse la place à la seconde partie du prologue : « La société du droit des femmes ». (*Fausse sortie.*)

Ah ! pardon ! Pour que la Revue soit tout à fait incohérente, je suis chargé de vous faire une annonce avant le lever du rideau. La Revue que nous allons avoir le plaisir de représenter devant vous est de M. Jules Lévy. (*Il sort.*)

DEUXIÈME TABLEAU

PROLOGUE (SUITE)

LA SOCIÉTÉ DU DROIT DES FEMMES

Une salle avec tribune au fond; bancs à droite et à gauche; table
devant la tribune.

SCÈNE PREMIÈRE

A la tribune LA PRÉSIDENTE, LA VICE-PRÉSIDENTE,
LA SECRÉTAIRE, *à droite et à gauche* MADAME SÉ-
VERINE, MADAME X, TOUTES LES CITOYENNES.

CHŒUR

Air : *On va lui couper la tête.* (ŒIL CREVÉ.)

Nous avons la liberté,
Gardons-la ;
Nous avons la liberté,
Gardons-la.

Bis.

LA PRÉSIDENTE

Merci. Ce petit chœur était obligatoire. La parole est au
citoyen de Gasté.

PREMIÈRE CITOYENNE

Absent.

DEUXIÈME CITOYENNE

Comment, absent ?

TROISIÈME CITOYENNE

Son absence est impardonnable.

LA PRÉSIDENTE

En l'absence du citoyen de Gasté, la parole est à la
citoyenne Séverine.

SÉVERINE

Citoyennes !

PLUSIEURS VOIX

Bravo.

LA PRÉSIDENTE

N'interrompez pas l'orateur. (*A Séverine.*) Allez-y.

SÉVERINE

Vous allez me demander, citoyennes, pourquoi madame Duc-Quercy et moi nous avons aidé à l'évasion de Padlewsky.

QUATRIÈME CITOYENNE.

Nous ne vous demandons pas cela.

PLUSIEURS VOIX

A la question ! à la question !

LA SECRÉTAIRE

Un peu de silence, s'il vous plaît ?

LA PRÉSIDENTE

Je ferai remarquer à la citoyenne Séverine que nous avons une assemblée générale extraordinaire de la Société du Droit des Femmes pour un but tout à fait déterminé ; nous devons nommer la commère de la Revue, et ne point nous occuper d'autre chose.

PLUSIEURS VOIX

Oui ! oui !

LA PRÉSIDENTE

Si vous n'avez pas l'intention de prendre la parole sur ce sujet ?...

SÉVERINE

En aucune façon.

LA PRÉSIDENTE

Je vous prie alors de bien vouloir quitter la tribune.

SÉVERINE, *quittant la tribune.*

Et la liberté, qu'en faites-vous ?

PLUSIEURS VOIX

A la question !

LA PRÉSIDENTE

La parole est à madame X...

MADAME X...

Mesdames !

PLUSIEURS VOIX

Citoyennes !

MADAME X...

Citoyennes, si vous voulez, j'ai l'honneur de vous prévenir que je ne vais pas sortir de la question.

CINQUIÈME CITOYENNE

Voyons, accouchez.

MADAME X...

Je n'en ai ni l'envie, ni le besoin, mais, je vais droit au but, j'ai des coulisses à publier.

PLUSIEURS VOIX

A la question !

MADAME X...

Je n'en sors pas. Les coulisses, cette année, doivent faire les frais des revues. Or, j'ai un stock à épuiser, le public a besoin de les connaître au lieu de choisir dans le cercle du droit des femmes une commère quelconque; voulez-vous que les coulisses passent en revue les événements politiques et littéraires de l'année ?

SIXIÈME CITOYENNE

Pourquoi pas une de nous ?

MADAME X...

Je doute fort d'une entente.

PLUSIEURS VOIX

Elle a raison.

MADAME X...

Voulez-vous me permettre de vous les présenter ?

LA PRÉSIDENTE

Que celles qui sont d'avis d'accepter la proposition de madame X... veuillent bien lever la main. (*Les mains se lèvent à gauche.*) Bien, baissez les mains. L'épreuve contraire. (*Les mains se lèvent à droite.*)

LA SECRÉTAIRE

Il y a ballottage.

SEPTIÈME CITOYENNE, *maigre et plate.*

Pas chez moi.

LA PRÉSIDENTE

Citoyenne, nous n'en doutons pas.

HUITIÈME CITOYENNE

Mais nous ne nous entendrons jamais.

LA PRÉSIDENTE

Faites entrer les coulisses.

PLUSIEURS VOIX

Non ! non !

PLUSIEURS VOIX

Si ! si !

PLUSIEURS VOIX

C'est ce que nous verrons.

PLUSIEURS VOIX

Ah oui ! nous allons voir.

(Mêlée générale ; la présidente agite la sonnette, se coiffe d'un chapeau haut de forme, toutes les citoyennes se poursuivent en se battant. Il ne reste plus en scène que la présidente, la vice-présidente, la secrétaire, madame X...)

LA VICE-PRÉSIDENTE

Maintenant que le calme est rétabli, je crois que vous pourriez à nouveau mettre la question aux voix.

LA PRÉSIDENTE

Je remets la question aux voix. Personne ne s'oppose à l'introduction des coulisses ? Madame X..., veuillez nous les présenter ?

SCÈNE II

Les Mêmes, LES COULISSES

MADAME X..., annonçant à chaque entrée.

Les coulisses des théâtres, les coulisses politiques, les coulisses littéraires, les coulisses de la finance, les coulisses commerciales, les coulisses artistiques, les coulisses de la Presse, les coulisses scientifiques, les coulisses judiciaires, les coulisses matrimoniales. (*Les coulisses s'avancent et saluent.*)

LA PRÉSIDENTE

Mesdames, la Société du Droit des Femmes s'est réunie en assemblée générale et, d'un commun accord, vous a chargées de présenter au public les nouveautés de 1890. Vous êtes dix et vous avez toutes les mêmes droits, usez-en, n'en abusez pas, et remplissez votre programme à la lettre.

CHŒUR DES COULISSES
Air nouveau de Desormes.

Nous remplirons notre tâche,
Puisque c'est notre devoir ;

Que personne ne se fâche.
Nous présenterons ce soir,
Les bêtises,
Les sottises,
Et même les qualités
Des gens bêtes,
Ou très honnêtes,
Mais nous ne vous dirons rien que des vérités.

REFRAIN

Cher public, sois bon enfant ;
Nous ne voulons que te plaire.
Si cela fait ton affaire,
Applaudis-nous carrément,
Et que ce cri soit répété :
Vive la liberté ! (*Bis*).

LA PRÉSIDENTE

La séance est levée. (*Les coulisses s'avancent au procenium.*)

LES COULISSES

Au changement !

FIN DU PROLOGUE

TROISIÈME TABLEAU

Le décor représente un mur couvert d'affiches de Jules Chéret.

SCÈNE PREMIÈRE

LES COULISSES, *puis* LE PROPRIÉTAIRE

LES COULISSES ARTISTIQUES

Mesdames, le décor que voici vous annonce que c'est à moi la pose.

LES COULISSES SCIENTIFIQUES

Qu'est-ce que c'est que ça?

LE PROPRIÉTAIRE

Ceci, mesdames, vous représente un mur.

LES COULISSES JUDICIAIRES

Quel mur?

LE PROPRIÉTAIRE

Le mur de mon immeuble, ou plutôt la devanture de ma propriété.

LES COULISSES FINANCIÈRES

Pourquoi votre devanture est-elle ainsi couverte d'affiches?

LE PROPRIÉTAIRE

La location des appartements est devenue plus difficile que jamais, à Paris; j'ai eu recours à l'affiche qui me permet ainsi de faire remarquer mes locaux à louer aux étages supérieurs.

SCÈNE II

Les Mêmes, L'AFFICHE

L'AFFICHE

Ce propriétaire a raison, il fait en même temps œuvre artistique, car l'affiche a atteint la perfection, et les murs d'aujourd'hui sont les salons du peuple.

RONDEAU

Air : *Les Reines de Mabille.*

L'affiche de Chéret
Sur le mur apparaît.
On s'arrête ébloui,
Car le dessin vous charme et vous séduit ;
Dans tous les coins de notre capitale,
Son nom se trouve au bas de son dessin,
Et sur le mur, la gaieté qu'il étale,
Sait rendre gai : le rire est toujours sain.
C'est l'*Echo de Paris,*
Ou Pan, au joyeux ris
Et du *Gil Blas,* l'argent,
La Diaphane, et le Noir et le Blanc,
Puis il a fait les Pastilles Géraudel,
Et le Théatrophone est un tableau
Pour le *Moulin-Rouge* et pour le *Rappel.*
Enfin, la véritable Eau de Botot.

Cet artiste si fin
Que l'on admire enfin,
Vient d'être décoré
Et cet honneur était bien mérité.
Applaudissons à cette récompense,
Avec l'espoir d'admirer tèrs longtemps
Ce maître en l'art du coloris intense,
Dont l'affiche a des reflets éclatants.
L'affiche de Chéret
Sur le mur apparaît ;
On s'arrête ébloui,
Car le dessin vous charme et vous séduit.

(L'Affiche et le Propriétaire sortent.)

SCÈNE III

LES COULISSES. *puis* OSHEA, PARNELL, MADAME OSHEA, FOUROUX, MADAME DE JONQUIÈRES

LES COULISSES MATRIMONIALES

Puisque nous avons un mur, il pourra nous servir de mur de la vie privée ; nous nous permettrons de le franchir, et je vais vous présenter quelques déboires conjugaux. (*Les cinq personnages entrent.*)

LES COULISSES THÉATRALES

Quels sont ces personnages ?

LES COULISSES MATRIMONIALES

Des gens qui n'ont pas eu de veine dans leurs ménages.

PARNELL

J'étais Parnell ; je ne le suis plus.

OSHÉA

J'étais Oshéa ; je le suis plus que jamais.

MADAME OSHÉA

J'étais la femme de mon mari ; je ne suis plus que celle de mon amant.

LES COULISSES POLITIQUES

Et cette simple histoire aurait pu amener la chute d'un parti.

LES COULISSES LITTÉRAIRES

Ce roman anglais n'est pas pour les jeunes filles.

LES COULISSES COMMERCIALES

Mais quelles sont ces deux personnes qui ne disent rien ?

FOUROUX

Fouroux.

MADAME DE JONQUIÈRES

Chez moi.

FOUROUX

C'est pourquoi l'on vous a fourrés dedans l'un et l'autre.

LES COULISSES DE LA PRESSE

Oh ! que c'est triste !

FOUROUX ET PARNELL

Nous demandons l'union libre.

TOUS LES CINQ

Vive la liberté! (*Ils sortent.*)

SCÈNE IV

LES COULISSES, UN OUVRIER

L'OUVRIER

Oui, vive la liberté !

LES COULISSES POLITIQUES

Que voulez vous ? Ne l'avez-vous pas, la liberté ?

L'OUVRIER

Oh ! mais non ; tant plus qu'on nous en donne et tant
plus que nous en voulons.

LES COULISSES SCIENTIFIQUES

L'ouvrier n'est donc pas libre ?

L'OUVRIER

Pas assez; il lui faut la liberté de travailler quand ça lui
fait plaisir, la liberté de lâcher le patron quand ça lui plaît
et la liberté d'avoir de la galette quand il en a besoin.

LES COULISSES DE LA PRESSE

Vous allez un peu loin ; et c'est l'extinction du paupérisme
qn'il nous faudrait d'abord avoir ; qui nous la donnera?

SCÈNE V

Les Mêmes, LE BOOCKMACKER

LE BOOCKMACKER

Moi.

LES COULISSES COMMERCIALES

Vous? allons donc!

LE BOOCKMACKER

Moi, le boockmacker, parfaitement.

RONDEAU

Air de *Saltarello.*

Vraiment, aujourd'hui la manière
D' gagner énormément d'argent
Et d' posséder une bonne carrière,
Qui n' cause aucun désagrément,
C'est d'être boockmacker aux courses.
Ça n'est pas plus malin que ça.
Car ceux qu'ont d' l'argent dans leurs bourses
Vous l' donneront sans faire d'embarras.
Lorsqu'un cheval est un' bonne bête,
On vous le prend énormément,
Et l' propriétair' fait la fête.
En profitant d'un accident,
Le jockey, qui n'est pas un' bête,
Entre dans la combinaison ;
Il s' casse un bras ou s' fend la tête,
Mais il palpe un peu du pognon.
Comme il est bon père de famille,
Il pense à ses enfants d'abord,
Et vrai, c'est la dot de sa fille
Qu'il veut tout en risquant la mort.
Mais nous avons la certitude
D'avoir un sérieux résultat ;
L' jockey en a pris l'habitude.
Il rentr' chez lui, en bon état ;
Et tous les jours, ça recommence,
A Saint-Ouen, Auteuil ou Longchamps.
La vogue des courses est immense,
Et ça peut durer très longtemps.

L'Etat y trouve un bénéfice,
Puisqu'il a le pari mutuel ;
Aussi, son œil plein de malice,
Pour nous devient-il paternel.
Vraiment, aujourd'hui la manière
D' gagner énormément d'argent,
C'est d'êtr' boockmacker ! la carrière
Ne cause aucun désagrément.

SCÈNE VI

Les Mêmes, LE MARCHAND DE PRONOSTICS

LE MARCHAND

J'ai les six gagnants de la journée pour vingt centimes.
Demandez les renseignements du *Petit Sport*.

LE BOOCKMACKER

Tenez, voici un de mes meilleurs auxiliaires.

SCÈNE VII

Les Mêmes, CONSTANS, *puis* L'EMPLOYÉ DE L'ASSISTANCE

CONSTANS

Pardon, votre meilleur protecteur, c'est l'Etat. L'Etat
qui empoche les bénéfices du pari mutuel et qui n'est pas
fâché de les trouver pour équilibrer le budget.

L'EMPLOYÉ DE L'ASSISTANCE

Mais c'est aux pauvres que devrait revenir ce qui est pré-
levé sur les résultats, et je suis chargé de vous les réclamer.

CONSTANS

Jamais de la vie ; nous avons la galette et nous la gardons.
(*Ils sortent sur le refrain du boockmacker.*)

SCÈNE VIII

LES COULISSES, *puis* FREYCINET, ZOLA THUREAU-DANGIN

LES COULISSES JUDICIAIRES

Ceci prouve simplement que l'Etat a tort de protéger les
courses et que non seulement les pauvres en souffrent ; mais

que par-dessus le marché, les gogos y vont risquer le bien-
être des leurs. (*On entend la ritournelle de* Fra Diavolo.)

LES COULISSES POLITIQUES

Qu'est-ce qui nous arrive ?

LES COULISSES LITTÉRAIRES

C'est le défilé des candidats à l'Académie ; en voici trois
qui viennent de ce côté. (*Ils entrent tous trois.*) Un élu et
deux blackboulés.

THUREAU

Je me nomme Thureau-Dangin.

LES COULISSES ARTISTIQUES

Je n'avais pas l'honneur de vous connaître.

THUREAU

Cela ne m'étonne point. Personne ne me connaissait ;
c'est pourquoi je me suis présenté à l'Académie.

LES COULISSES MATRIMONIALES

Et j'espère que vous n'avez pas recueilli un nombre de
voix considérable.

THUREAU

C'est ce qui vous trompe ; pour être de l'Académie, il
suffit parfois d'être un inconnu.

LES COULISSES FINANCIÈRES

Mais je ne me trompe pas, vous êtes monsieur Zola ?

ZOLA

Vous l'avez dit.

LES COULISSES THÉATRALES

Et vous n'avez pas été l'Elu ?

ZOLA

Non, mais je suis tranquille ; il n'a pas été, cette fois,
procédé à la nomination d'un homme de lettres; quand les
académiciens voteront sérieusement, je serai nommé.

LES COULISSES POLITIQUES

C'est M. de Freycinet qui a été l'heureux vainqueur.

FREYCINET

Parfaitement.

FREYCINET

Air : *Fra Diavolo.*

I

Ministre de la guerre,
Je suis plus doux qu'un petit mouton ;

Mais je suis homme de bon ton,
La digue digue don.
Je ne m'occupe guère
De ce que disent les députés
Mais les sénateurs sont épatés :
J'ai tant de qualités.
Passez..... l'habit à palme verte,
L'Académie est ouverte
A
Freycinet (ter).

LE CHŒUR

Tra la la la la la.

FREYCINET

II

Comme une souris blanche,
Je suis futé, je suis très malin,
Et j'ai rencontré sur mon chemin
Le Palais Mazarin.
J'ai du pain sur la planche,
Car sénateur, académicien,
Ministre et très fort politicien,
Ces emplois me vont bien.
Passez..... l'habit à palme verte,
L'Académie est ouverte
A
Freycinet (ter).

LE CHŒUR

Tra la la la la la.
(*Ils sortent tous trois en dansant.*)

SCÈNE IX

LES COULISSES, L'EMPLOYÉ DE CHEMIN DE FER, *puis* DÉROULÈDE, ROCHEFORT, NAQUET, LA-GUERRE, LE PETIT PAULUS, LE DÉPUTÉ DE LA DROITE, LA FEMME DU MONDE *puis* BOULANGER.

L'EMPLOYÉ DU CHEMIN DE FER

Les voyageurs pour Jersey, en voiture.

I

DÉROULÈDE

Air : *Marche des Dieux.* (LA BELLE HÉLÈNE.)

Cet homme long qui s'avance,
  Long qui s'avance (*Bis.*)
C'est Paul Déroulède.

LE CHŒUR

Oui, c'est Paul Déroulède.

DÉROULÈDE

Ma redingote est immense,
  Gote est immense (*Bis.*)
Et comme intermède...

LE CHŒUR

Et comme intermède...

DÉROULÈDE

Je tire carrément
En l'air en me battant.

Cet homme long qui s'avance, etc.

II

ROCHEFORT

Moi l'homme à la perruque grise,
  Perruque grise (*Bis.*)
Je suis Henri Rochefort.

LE CHŒUR

Oui, c'est Henri Rochefort.

ROCHEFORT

Grâce à mon toupet qui me grise
  Pet qui me grise (*Bis.*)
Je me crois très fort.

LE CHŒUR

Il se croit très fort.

ROCHEFORT

Mais si je gémis en
Exil, l'*Intransigeant*
Obtient un succès qui me grise,
  Cès qui me grise (*Bis.*)
Je me crois très fort
Car j'suis Henri Rochefort.

III

NAQUET

Cet homme qui porte une bosse
Porte une bosse (*Bis.*)
C'est le p'tit Naquet.

LE CHŒUR

Oui, c'est le p'tit Naquet.

NAQUET

Débinant le truc c'est rosse,
Le truc c'est rosse (*Bis.*)
Mais ça fait d' l'effet.

LE CHŒUR

Oui, ça fait de l'effet.

NAQUET

Collaborant aux
Coulisses du *Figaro*,
J'ai débiné l'truc c'est rosse
Le truc c'est rosse (*Bis.*)
Mais ça fait d' l'effet.

LE CHŒUR

Oui, ça fait de l'effet.

IV

LAGUERRE

Moi, je suis tout jeune et ficelle,
Jeune et ficelle (*Bis.*)
Je me nomme Laguerre.

LE CHŒUR

Il se nomme Laguerre.

LAGUERRE

Jamais je ne fus infidèle
Fus infidèle (*Bis.*)
Je le dis sans mystère.

LE CHŒUR

Il le dit sans mystère.

LAGUERRE

Très républicain,
Mais très fier de serrer la main

A la réaction qui m'appelle
  Action qui m'appelle (*Bis.*)
  Le joli Laguerre.

LE CHŒUR

Le joli Laguerre.

L'EMPLOYÉ DU CHEMIN DE FER

La seconde fournée de voyageurs pour Jersey.

LE DÉPUTÉ DE LA DROITE

Air : *En r'venant de la Revue.*

Faut avoir une ligne de conduite,
Surtout lorsqu'on est député;
Car si l'on n'a pas d'esprit d'suite
On peut très bien être chahuté.
Comme aucun député de la droite,
Je t'nais à ma réélection ;
Et par une manœuvre adroite,
J'ai fait fi de la réaction ;
  J'étais républicain,
  Du soir jusqu'au matin.
On m'voyait dans les ateliers,
Je fréquentais les ouvriers,
  J'leur z'y serrais les mains
  En les traitant d'frangins ;
  J'allais sur les comptoirs,
Prendre des verres ou bien des p'tits noirs.
  Mais c'est fini,
  J'suis nommé, n, i ni,
  Electeur mon ami,
   J'en suis fort aise.
   J'vous l'dis tout bas,
  J'vous ai monté c'coup-là,
  Pour faire plaisir à la
   Duchesse d'Uzès.

LE PETIT PAULUS

Afin d'avoir un peu de quibus,
J'suis cam'lot, voilà mon métier.
On me nomme le p'tit Paulus,
Au Croissant, c'est là mon quartier.

J' n'ai pas d'parti politique,
Je suis pour qui veut bien m'payer.
J'ai crié : Viv' la République,
Viv' le roi ou Viv' Boulanger !
　Il était rien roublard,
　C'lui-là c'est un veinard.
Il avait tout's les femm's pour lui,
Cell's d'hier, de d'main, d'aujourd'hui.
　La galett' rappliquait,
　On avait c'qu'on voulait ;
　On prononçait son nom,
Les femm's tombaient en pâmoison.
　　C'était l'bon temps,
　Oh ! là là, mes enfants !
　C'que nous gueulions tout l'temps,
　　La Marseillaise!
　　C'qu'on ne savait pas,
　C'est qu'nous chantions c't' air-là
　Pour faire casquer m'ame la
　　Duchesse d'Uzès.

LA FEMME DU MONDE

Je ne suis qu'une femm' du monde,
On fait c'qu'on peut, faut pas m' blâmer ;
J'ai pas d'enfants, mais j' suis féconde
En complots et, pour Boulanger,
J'aurais donné tout's mes dentelles,
Mes bijoux, mon chat et mon chien,
Pour qu'il m' trouve la plus bell' des belles,
J'aurais voulu qu'il n'manque de rien,
　Il possédait mon cœur
　Et mon plus grand bonheur
Aurait été de l'dorloter,
De l'câliner, de l'embrasser :
　Et les noms les plus doux,
　Mon lapin, mon gros chou...
　J'les conservais pour lui.
Hélas ! un mauvais jour a lui ;
　On s'a fâché,
　Ses amis l'ont lâché,
　Et dame ! on l'a laissé

Mal à son aise
Mais en tout cas,
Cet' petite histoire-là
Coût' trois millions à la
Duchesse d'Uzès.

(Entre Boulanger traîné sur un rocher sur lequel est un poteau indicateur : Ile de Jersey.)

BOULANGER

Ne vous dérangez pas.

ROCHEFORT

Pourquoi, sire ?

BOULANGER

Air de *La Prévoyance.*

Mes chers amis, vous venez me chercher,
Permettez-moi de rester bien tranquille,
Je suis ici, je ne veux pas broncher.
Ah ! laissez donc Robinson dans son île.
J'y veux filer le plus parfait amour;
Je sens mon cœur brûler de mille flammes,
Je dis adieu pour jamais à la Cour,
J'aime Jersey, c'est un charmant séjour
    Je m'y conserve pour les femmes. (*Bis.*)

(Tous les boulangistes sortent derrière Boulanger.)

SCÈNE X

LES COULISSES, L'EMPLOYÉ, YVES-GUYOT

L'EMPLOYÉ DU CHEMIN DE FER

Le voyageur pour toutes les lignes de l'Etat.

YVES GUYOT, *traversant la scène en tous sens pendant le couplet.*

Air de MADAME ANGOT (*Légende*).

Je traverse la France,
    Du soir jusqu'au matin,
    Et si je fais bombance,
    De festin en festin;
    Si partout l'on m'invite,
    Si partout l'on m'attend,

S'il me faut aller vite,
De Lille à Perpignan.
C'est j' l'assure,
Qu' j'inaugure
Chemins de fer, ponts, canaux.
Sans bagage,
Je voyage,
Je suis monsieur Yves Guyot.

} *Bis.*

(*Il sort en courant.*)

SCÈNE XI

LES COULISSES, L'EMPLOYÉ, *puis* **LA BRUYÈRE**
PADLEWSKI, LES TÉMOINS

L'EMPLOYÉ DU CHEMIN DE FER

Les voyageurs pour l'inconnu, en voiture.

LA BRUYÈRE

Allons, messieurs, en route.

PREMIER TÉMOIN

Où allons-nous ?

LA BRUYÈRE

Que vous importe ?

DEUXIÈME TÉMOIN

Où vous irez, nous irons.

PADLEWSKI

Ah ! Messieurs, que de reconnaissance. La prochaine
fois que j'assassinerai, je ne vous oublierai pas.

LABRUYÈRE

Vous pouvez toujours compter sur nous.

PREMIER TÉMOIN

A la vie.

DEUXIÈME TÉMOIN

A la mort.

TOUS LES QUATRE

Vive la liberté !

(*Ils sortent. On entend une sonnerie.*)

SCÈNE XII

LES COULISSES, L'ÉLECTRICITÉ

L'ÉLECTRICITÉ, *entrant en courant.*

Laissez-moi, laissez-moi.

LES COULISSES COMMERCIALES

Ah ! mais je la reconnais.

LES COULISSES SCIENTIFIQUES

Et moi donc !

LES COULISSES THÉATRALES

C'est l'électricité.

L'ÉLECTRICITÉ

Ne m'en parlez pas, mesdames, on abuse de moi, tout le monde me tripatouille et bientôt ce sera à n'y plus tenir.

RONDEAU

Air de la *Valse de Giselle.*

Car dans Paris, la ville sans pareille,
On fera tout à l'électricité ;
Et vous verrez bientôt cette merveille :
Vivre et mouri. à l'électricité.
Quand un enfant voudra venir au monde,
On se servira d'électricité ;
Pour avoir une nourrice féconde,
Il tétera de l'électricité ;
Puis sa mère aura son premier sourire,
Qui lui viendra par l'électricité ;
Il grandira, puis pour apprendre à lire,
Vite il prendra de l'électricité ;
Quand il sera l'amoureux d'une belle,
Au regard rempli d'électricité,
Il saura bien la rendre moins rebelle,
Rien qu'en usant de l'électricité ;
Sérieux, il lancera des affaires
Qui marcheront à l'électricité ;
Rapidement il les rendra prospères,
Et tout ça grâce à l'électricité ;
Puis un beau jour il voudra prendre femme,
Si la dot est à l'électricité ;

Il lui peindra son amour et sa flamme
Vite en deux temps, à l'électricité ;
Il deviendra bon père de famille
S'il est très chargé d'électricité ;
Il aura trois garçons, puis une fille
Qu'il mariera par l'électricité.
Quand il aura terminé sa carrière,
Disant adieu à l'électricité,
Au lieu de le fourrer dans une bière,
Il partira par l'électricité.
Oui, dans Paris, la ville sans pareille,
On fera tout à l'électricité ;
Et vous verrez bientôt cette merveille :
Vivre et mourir à l'électricité.

LES COULISSES JUDICIAIRES

Vous êtes le dernier mot du progrès scientifique.

SCÈNE XIII

Les Mêmes, KOCH, *puis* DEUX DOCTEURS

KOCH

Bardon, le ternier mot du brogrès, c'est moi.

LES COULISSES SCIENTIFIQUES

Le docteur Koch.

KOCH

Les médecins mettaient le temps à expédier leurs ma-
lades, moi chai fait faire un crand pas à la science ; en teux
temps et drois moufements, je fais disparaître le batient en
lui inoculant la dupergulose.

L'ÉLECTRICITÉ

C'est merveilleux.

KOCH

N'est-ce bas ? Auchourd'hui rien n'est blus nouveau que
ma méthode, et quand on veut se débarrasser de quelqu'un...

PREMIER DOCTEUR

On a recours à moi.

DEUXIÈME DOCTEUR

Ne l'écoutez pas, c'est un blagueur.

PREMIER DOCTEUR

Je suis pour la suggestion.

DEUXIÈME DOCTEUR

Et moi je nie son influence.

PREMIER DOCTEUR

Nous allons procéder à une petite expérience.

DEUXIÈME DOCTEUR

Faites entrer le sujet.

SCÈNE XIV

L'orchestre joue en sourdine l'air de la *Belle Gabrielle.*

LES MÊMES, GABRIELLE BOMPARD

GABRIELLE

Qui m'appelle?

PREMIER DOCTEUR

Moi.

(Gabrielle va au second docteur.)

GABRIELLE

Que me voulez-vous ?

DEUXIÈME DOCTEUR

Mais ce n'est pas moi qui vous appelle.

GABRIELLE

Pardon, je me suis trompée.

PREMIER DOCTEUR

Vous dormez, n'est-ce pas ?

GABRIELLE

J' t'écoute !

PREMIER DOCTEUR

Racontez-nous ce que vous avez fait avec votre complice.

GABRIELLE

Je le veux bien, mais il y a bien des personnes ici qui
rougiront.

PREMIER DOCTEUR

Non, pas ça.

GABRIELLE

Mais alors, quoi ?

DEUXIÈME DOCTEUR

Mon collègue vous demande de nous simuler la scène de
la rue Tronson-Ducoudray.

GABRIELLE

Je ne puis rien vous dire, j'étais sortie quand elle s'est passée.

PREMIER DOCTEUR

Mais c'est une nouvelle version.

GABRIELLE

Il y en aura toujours. Avinain l'a dit : « N'avouez jamais. » Et puis je vais tout vous dire : vous croyez que je dors, n'est-ce pas ? C'est une blague ; on ne m'a jamais endormie, on ne m'endormira jamais.

SCÈNE XV

Les Mêmes, GOUSSOT *entrant en courant.*

GOUSSOT

Ne la condamnez pas. Ou si vous la condamnez, condamnez-moi ! Moi, Goussot. Je suis coupable comme elle: Poursuivez-moi !

(*Il sort. Gabrielle et les docteurs le suivent.*)

SCÈNE XVI

LES COULISSES, *puis* MARY-RAYNAUD

LES COULISSES MATRIMONIALES

Quel est ce monsieur ?

LES COULISSES POLITIQUES

Un député boulangiste qui tient à être poursuivi.

MARY-RAYNAUD

Moi aussi, je suis député, moi aussi on me poursuit, mais on ne m'attrapera pas ; entre la police et moi, un million nous sépare.

LES COULISSES FINANCIÈRES

Vous êtes un malin, et toujours vous trouverez des imbéciles pour admirer vos adroites canailleries.

MARY-RAYNAUD

Taisez-vous ; je me sauve, car voici la justice.

(*Il sort.*)

SCÈNE XVII

LES COULISSES, QUESNAY DE BEAUREPAIRE

QUESNAY

Air de Barbe bleue.

Dans le procès de la Haute Cour,
  J'ai su par plus d'un détour
  Compromettre Boulanger. (*Bis.*)
  Puis en pinçant Gabrielle,
  La complice de Michel
Que nous ram (*bis*) que nous ramenait Garanger,
  J'ai prouvé que la malice,
  Même au Palais de Justice,
  Était le plus sûr moyen (*Bis.*)
  Pour confondre les coupables.
  Les magistrats sont capables
  De fair' des mots de la fin. (*Bis.*)
    Je suis Beaurepaire. (*Bis.*)

LE CHŒUR

  Il est Beaurepaire, (*Bis.*)
    Beaurepaire. (*Ter.*)

QUESNAY

Tout le monde me connait.
C'est moi qu'on nomme Quesnay.

LES COULISSES JUDICIAIRES

Vous n'êtes pas venu seul ici ?

QUESNAY

Non, j'ai amené quelques actualités judiciaires avec moi;
les voici.

SCÈNE XVIII

LES MÊMES, LE JUGE D'INSTRUCTION, PÉRIER, EY-
RAUD. *Ils entrent avec une table et trois chaises et ils
s'installent sur le devant de la scène.*

LES COULISSES ARTISTIQUES

Quels sont ces jolis messieurs ?

QUESNAY

Vous allez assister à un petit interrogatoire fin de siècle.
Celui qui est au milieu, à la table, est un juge d'instruction
dernier modèle ; à gauche, vous voyez Eyraud ; à droite,
Périer. Monsieur le juge, commencez votre interrogatoire.

LE JUGE

Je suis à vos ordres.

TRIO

Air : Ne raillez pas la garde citoyenne.

LE JUGE, à Périer, durement.

Restez debout, ne prenez pas de chaise
Et répondez à toutes mes questions.
Vous avez l'air d'être mal à votre aise ;
Soyez très franc, allons, voyons, voyons.

PÉRIER

Mon président, je ne suis pas coupable,
Et c'est à tort que l'on vient m'accuser
D'un assassinat ; c'est épouvantable.
Je ne veux pas même m'en excuser.

LE JUGE

Très bien, très bien, nous classerons l'affaire
Jusqu'au jour où vous aurez avoué ;
Si pour le moment elle n'est pas claire,
Elle le sera ; vous êtes roué.

(Doucement, à Eyraud.)

A vous, Eyraud. Donnez-vous donc la peine
De vous reposer un petit moment.
Vous avouez, la chose est bien certaine ;
Vous avez assassiné, c'est charmant !

EYRAUD, brusquement.

Avec vous je ne ferai pas de frime,
Ne prenez pas cet air ébouriffé.
Comme il ne me restait plus un centime,
Pour le voler, j'ai nettoyé Gouffé.

LE JUGE, doucement et en riant.

Ah ! c'est charmant, racontez-nous la chose
Avec des petits détails amusants.
Je vous en prie, ne soyez pas morose ;
Je voudrais des aveux satisfaisants.

EYRAUD

Eh ! bien, de quoi ! C'est avec Gabrielle
Qu'il est venu rue Tronson-Ducoudray ;
J'étais caché, j'ai tiré la ficelle,
Au bout d' laquell' Gouffé se balançait.

LE JUGE, ému.

Mon cher Eyraud, cet aveu-là me touche,
Et pour vous, nous serons remplis d'égards ;
Ne prenez pas devant moi l'air farouche,
Soyons amis, veux-tu, mon vieux canard ?

(Il lui serre les mains.)

QUESNAY

C'est bien, messieurs, en route.

(Ils sortent sur l'air de « Barbe-Bleue » en emportant
les chaises et la table et en dansant.)

LES COULISSES JUDICIAIRES

Voici les coulisses judiciaires au dix-neuvième siècle.

LES COULISSES DE LA PRESSE

Il y avait encore un côté qui nous échappait ; voici deux
personnages qui vont vous expliquer ce que je veux dire.

SCÈNE XIX

LES COULISSES, LE REPORTER, LE JURÉ

LE REPORTER

Pardon, monsieur, je vous en prie, ne vous sauvez pas
comme cela.

LE JURÉ

Que me voulez-vous, enfin ?

LE REPORTER

Votre avis sur Gabrielle ?...

LE JURÉ

Mais, monsieur, je ne vous le donnerai pas.

LE REPORTER

Vous refusez, monsieur ?

LE JURÉ

Certainement, je suis juré et je tiens à garder mon indé-
pendance.

LE REPORTER

Très bien, monsieur, je fais mon affaire de cet interview et je raconterai ce qui me plaira.

LE JURÉ

Vous ferez cela ?

LE REPORTER

Vous verrez bien, d'ailleurs c'est déjà fait.

SCÈNE XX

Les Mêmes, QUESNAY DE BEAUREPAIRE

QUESNAY

Il vient de paraître un interview qui détruit l'effet du procès Eyraud. L'affaire est remise à une autre session et le journaliste condamné à trois mois de prison.

LE JURÉ

C'est ma femme qui ne sera pas contente, moi qui lui avais promis des détails.

LE REPORTER

Voilà ma réputation qui commence ; aux prochaines élections je serai député !

(*Ils sortent. — L'orchestre joue le « Père La Victoire. »*)

SCÈNE XXI

LES COULISSES, *puis* CARNOT, BOUSQUET, QUATRE HUISSIERS

LES COULISSES LITTÉRAIRES

Qu'est-ce qui nous vient là ?

LES COULISSES POLITIQUES

Cela ne se demande pas.

LES COULISSES DE LA PRESSE

En effet, c'est un tableau politique, patriotique et judiciaire.

(*Entrent Carnot, Bousquet, les huissiers.*)

BOUSQUET

Air : *Mademoiselle, écoutez-moi donc!*

M'sieur Carnot, écoutez-moi donc,
Je m'appelle Bousquet, j'ai tué ma maîtresse ;
M'sieur Carnot, écoutez-moi donc,
J'ai tué ma belle-sœur avec son patron.

CARNOT

Non, monsieur, je n'vous écoute pas,
Pour un pareil crime il n'est pas d' tendresse ;
Non, monsieur, je n' vous écoute pas,
Car une telle action mérite le trépas.

LES HUISSIERS

M'sieur Carnot, écoutez-le donc,
Le nommé Bousquet était not' confrère ;
M'sieur Carnot, écoutez-le donc,
Faut pas avilir notre corporation.

CARNOT

A Bousquet, messieurs les huissiers,
Je n' peux pourtant pas faire une rente viagère ;
Cependant, messieurs les huissiers,
Au bagne il ira, je signe le dossier.

LES HUISSIERS, *à Carnot.*

Acceptez nos remercîments.

(*A Bousquet.*)

Bientôt l'un des nôtres ira vous rejoindre.

(*A Carnot.*)

Acceptez nos remercîments.

(*A Bousquet.*)

Cher Bousquet, recevez nos compliments.

(*Ils sortent sur la ritournelle, après avoir serré les
mains à Bousquet, qui les suit en saluant.*)
(*Depuis un moment Becque et Bergerat sont en scène,
ils ont chacun un poignard dans chaque main.*)

SCÈNE XXII

LES COULISSES, BECQUE, BERGERAT

LES COULISSES ARTISTIQUES
Voici deux messieurs bien furieux.

LES COULISSES LITTÉRAIRES

Ce sont deux auteurs dramatiques.

DUO

Air des *Hommes d'armes* (GENEVIÈVE DE BRABANT.)

I

BECQUE

C'est moi que l'on nomme Henri Becque.

BERGERAT

Moi je suis Émil' Bergerat.

BECQUE

Nous ne sommes pas bien avecque.

BERGERAT

Sarcey qui n'est qu'un scélérat,

BECQUE

Usant de son droit de critique.

BERGERAT

Il veut enrayer nos succès.

BECQUE

Il nous faut la...

BERGERAT

Il nous faut la...

BECQUE

Peau de Francisque...

BERGERAT

Peau de Francisque...

(*Ensemble*.)

La peau de Francisque Sarcey.

BERGERAT

Henri Becque.

BECQUE

Bergerat.

(*Ensemble*.)

Henri Becque, Becque
Et Bergerat.

II

BECQUE

Il a dit que la *Parisienne*
Ne f'rait pas d'argent aux Français.

BERGERAT

Et de sa plume odéonienne
Il fracasse ce que je fais.

BECQUE

S'il veut critiquer, qu'il critique.

BERGERAT

Le Conservatoir' c'est assez.

(*Au refrain.*)

SCÈNE XXIII

Les Mêmes, SARCEY

SARCEY

Air du *Major* (Vie parisienne.)

Eh ! quoi, vous voulez de ma peau ?
Certes je ne suis pas très beau,
Mais j'suis un critique épatant :
Demandez aux lecteurs du *Temps*.
Je pense tout ce que j'écris ;
Dans le public ce n'est qu'un cri :
« Sarcey a dit ça, c'est très bien ;
Il a dit ça, ça ne vaut rien. »
  Je suis le premier (*Bis.*)
  Dedans la critique
  De l'art dramatique. } *Bis.*
  Je suis le premier,
  Le premier. (*Bis.*)

SCÈNE XXIV

Les Mêmes, LA FEMME DE L'ANCIEN MARCHAND DE BOUCHONS

LA FEMME

Ah ! vous avez bien raison, messieurs.

SARCEY

Eh quoi ! vous m'en voulez aussi, madame ?

LA FEMME

Tiens ! comment ne pas vous en vouloir !

BECQUE

Parlez, madame, parlez.

BERGERAT

Puisque vous êtes notre alliée, ne vous gênez pas.

LA FEMME

Oh ! messieurs, c'est horrible !

SARCEY

D'abord, madame, qui êtes-vous ?

BECQUE

Taisez-vous, vous n'avez pas la parole.

LA FEMME

Je suis la femme d'un ancien marchand de bouchons ; c'est vous dire que mon mari n'est pas un imbécile, car n'est pas marchand de bouchons qui veut.

BERGERAT

Oh ! non.

LA FEMME

Or, nous lisons tous les jours le *Petit Journal.*

BECQUE

Saine lecture.

LA FEMME

N'est-ce pas ? Hier, mon mari, qui tous les matins va aux Halles, m'a rapporté un chou rouge, qui était enveloppé dans un feuilleton de M. Sarcey.

BERGERAT

Le chou était empoisonné ?

LA FEMME

Non, mais vous allez voir ! J'avais entendu parler de monsieur ! J'ai voulu lire ce qu'il écrivait. Eh bien ! messieurs ! croyez-vous qu'il ose dire que M. Georges Ohnet n'a pas de talent ! Croyez-vous ? Vous ne dites rien .

BECQUE

Continuez, madame.

LA FEMME

Le seul auteur dramatique qui sache et comprenne la vie comme moi. Oh ! messieurs, quel homme ! Avez-vous vu « Dernier amour » ?

BERGERAT

Hélas oui !

(Sarcey sort en sourdine.)

LA FEMME

Quel chef-d'œuvre. Ah ! permettez-moi de m'associer à vous et... où est-il ? Courons après lui et reprenons en chœur :

Il nous faut la..... etc.

(Ils sortent.)

SCÈNE XXV

LES COULISSES, LE FUTUR NORMALIEN *et* L'ÉLÈVE DU LYCÉE DE JEUNES FILLES. *Ils entrent bras dessus-dessous; le futur normalien fume un gros cigare.*

LE FUTUR NORMALIEN

Eh bien, ma chère ! que dites-vous de ces gens-là ?

L'ÉLÈVE

Ah ! m'en parlez pas, Guy, c'est d'un terre à terre !

LE FUTUR NORMALIEN

A tout casser, ma chère. Nous autres, au lycée, on se fiche pas mal de la littérature de Sarcey ; ce qu'il nous faut, c'est du Verlaine, c'est du Jean Moréas.

L'ÉLÈVE

Oh ! Guy, que vous me faites plaisir ; au lycée, nous sommes toutes décadentes, maintenant.

LE FUTUR NORMALIEN

Mais il n'y a plus que cela, ma chère, il ne faut plus que le vers rime ; la césure ! On s'assied dessus !

L'ÉLÈVE

Moins c'est compréhensible et plus c'est chouette !

LE FUTUR NORMALIEN

Oh ! que je t'aime.

L'ÉLÈVE

Tu m'enlèveras, dis

LE FUTUR NORMALIEN

Je ne comprends que l'union libre.

4.

TOUS LES DEUX

Vive la liberté.

(*Ils sortent.*)

LES COULISSES POLITIQUES

C'est navrant.

SCÈNE XXVI

LES COULISSES, L'AMATEUR DE MUSIQUE
L'amateur entre en pleurant.

LES COULISSES MATRIMONIALES

Qu'avez-vous, monsieur ?

L'AMATEUR

Ne m'en parlez pas, madame.

Air : Souvenirs d'amour.

 Devant l'Opéra, sur la place,
 Il était un joli chalet.
 Au monument il faisait face,
 Ainsi l'effet était complet.
 Je suis amateur de musique
 Et je pensais que le Conseil
 Municipal et politique,
 De l'art désirait le réveil.

REFRAIN

 Mais ma peine est extrême,
 On vient de l'enlever.
 Et l'Opéra que j'aime
 Vient de s'en voir priver.
 On traque le Génie
 Et l'on méconnaît l'Art.
 A vous seuls l'Harmonie,
 Messieurs Ritt et Gaillard.

(Il sort en pleurant.)

LES COULISSES THÉATRALES

Ce que ce monsieur raconte est fort triste, en effet.

SCÈNE XXVII

LES COULISSES, LE SÉMINARISTE
LA CANTINIÈRE

LE SÉMINARISTE

Ne pourriez-vous me dire, mes sœurs, où je dois me rendre pour trouver le réfectoire du régiment ?

LA CANTINIÈRE

Chez moi, mon fiston, on vient de supprimer mon costume ; la robe que l'on t'a retirée m'a été rendue. Je ne porte plus le pantalon, mais avec toi il me sera toujours facile de garder la culotte, et puisque j'en ai la liberté, je la garde.

TOUS DEUX

Vive la liberté ! (*Ils sortent.*)

SCÈNE XXVIII

LES COULISSES, *puis* L'AMOUR

LES COULISSES SCIENTIFIQUES

Lequel des deux est la femme ?

LES COULISSES POLITIQUES

L'autre.

L'AMOUR

Mesdames, ne dites point du mal de la femme, car sachez bien que...

Musique nouvelle de Théo Hirlemann.

I

L'homme est l'Esclave de l'Amour,
Il subit son joug tyrannique.
La femme est la reine du jour,
Elle gouverne en République.
Si l'on parle de liberté,
On a tout dit, on se croit libre. } *Bis.*
   Égalité, Fraternité,
Ça fait bien, surtout si l'on vibre.

REFRAIN

Pour nous gouverner, cherchons un moyen,
Le Roi Cupidon au pouvoir magique,
De par la volonté de chaque citoyen,
Est le président de la République.

II

Et du ministre à l'ouvrier,
L'amour est toujours même chose.
Il fait pleurer, rire ou chanter,
Et ses ailes n'ont qu'un ton rose.
Grâce à lui, point de liberté,
Avec joie on porte des chaînes. } *Bis.*
   Égalité, Fraternité,
Mêmes plaisirs et mêmes peines.

   (*Au refrain.*)

SCÈNE XXIX

Les Mêmes, LES FOLIES-BERGÈRE

LES FOLIES

Merci ! Cupidon, défendons les femmes. Mesdames,
permettez-moi de me présenter moi-même, les Folies-Bergère, et je viens vous inviter à passer dans le décor du
foyer des artistes le dernier tableau de votre Revue, si
toutefois vous voulez bien l'accepter.

LES COULISSES JUDICIAIRES

Vous offrez si gracieusement...

LES COULISSES DE LA PRESSE

Que nous ne pouvons vous refuser.

LES COULISSES ARTISTIQUES

Nous acceptons.

LES FOLIES

Au changement !

QUATRIÈME TABLEAU

Le décor change et représente le foyer des artistes
aux Folies-Bergère.

SCÈNE PREMIÈRE

LES COULISSES, LES FOLIES-BERGÈRE, PAULUS
*sur un piédestal. Au fond, se promenant bras dessus, bras
dessous,* L'AGENT DES REVUES *et* LE COCHER DES
REVUES.

LES COULISSES FINANCIÈRES

Quel est ce personnage ?

LES FOLIES-BERGÈRE

La crème des chanteurs fin de siècle.

PAULUS

On parle de Kam-Hill et d'Yvette Guilbert ; ils se
disent chanteurs fin de siècle. Tous ces gens-là sont éton-
nants, ma parole d'honneur ; ils se croient du talent, mais
comme artiste, il n'y a que moi...

LES COULISSES ARTISTIQUES

Vous exagérez, il en est d'autres et pour ne citer qu'un
nom, il me semble que Coquelin...

SCÈNE II

LES MÊMES, *dans la salle.* TROIS SPECTATEURS
à l'orchestre et UNE SPECTATRICE *au balcon.*

PREMIER SPECTATEUR

Madame, je vous remercie, vous êtes trop aimable, je
suis Coquelin...

DEUXIÈME SPECTATEUR

Eh ! dis donc, Constant ! Coquelin, c'est moi.

TROISIÈME SPECTATEUR

Mon oncle, il me semble que maintenant, Coquelin,
c'est moi.

SARAH BERNHARDT, *au balcon.*

Pardon, messieurs, Coquelin, c'est moi.

LES COULISSES DE LA PRESSE

Vous voyez bien que vous n'êtes point le seul.

LES COULISSES COMMERCIALES

Allons, placez du vin, chantez encore ; mais soyez moins encombrant.

PAULUS

C'est effrayant ce qu'on exagère aujourd'hui. (*Il sort.*)

LES COULISSES POLITIQUES

Que font, au fond, ces deux messieurs ?

LE COCHER

Nous allons vous le dire.

L'AGENT

Parce que si vous ne le saviez pas, vous ne vous en douteriez jamais.

LE COCHER

L'agent et le cocher sont devenus, pour les Revues, une chose aussi nécessaire que l'instruction.

L'AGENT

On nous a rendus obligatoires.

LE COCHER

Les Revues de fin d'année ne peuvent pas se passer de nous.

L'AGENT

Voilà treize ans et quelques mois qu'on nous voit dans toutes les Revues, et nous avons toujours une raison d'être d'actualité.

LES COULISSES LITTÉRAIRES

Eh bien ! nous, nous vous avons assez vus.

LE COCHER

C'est égal, la petite mère, si jamais vous avez besoin d'un bon fiacre chauffé, avec de bons stores...

L'AGENT

Je suis là pour verbaliser. Collignon.

LE COCHER

Lozé.

L'AGENT

Un verre ?

LE COCHER

Ça va.

TOUS LES DEUX

En route. (*Ils sortent.*)

SCÈNE III

LES COULISSES, LE THÉATRE LYRIQUE
LE THÉATRE MODERNE, *puis* LE THÉATRE LIBRE

LES COULISSES FINANCIÈRES

Voici deux personnes bien tristes.

LE THÉATRE-LYRIQUE

Je suis le Théâtre-Lyrique, j'ai vécu quarante jours.

LE THÉATRE-MODERNE

Je suis le Théâtre-Moderne, je n'en ai pas vécu huit.

LES COULISSES POLITIQUES

Il y a de quoi être triste en effet.

LE THÉATRE-LIBRE

Je suis plus triste encore et pourtant je vis.

LES COULISSES THÉATRALES

En effet, je vous reconnais; vous êtes...

LE THÉATRE-LIBRE

Je suis la Nuit de Noël, je suis la Puissance des Ténè-
bres, je suis M. Butte; en un mot, je suis le Théâtre-Libre.

LES COULISSES DE LA PRESSE

Et la morale de tout cela ?

LE THÉATRE-LIBRE

C'est que je ne suis qu'une bonne opération; tenez, voici
justement un de mes abonnés.

SCÈNE IV

LES MÊMES, L'ABONNÉ

L'ABONNÉ, *fouillant dans ses poches.*

Où donc est mon coupon ?

LES FOLIES-BERGÈRE

Vous avez perdu quelque chose ?

L'ABONNÉ

Ah! madame, ne m'en parlez pas.

Air : L'Incohérence est un art rigolboche.

Oui, je m'abonn' partout où l'on s'abonne
Et je reçois presque tous les journaux,
Je suis abonné chez un photographe,
Chez mon coiffeur, aux bains, à la plazza.
Je suis abonné dans tous les théâtres,
Tous les lundis, je vais à l'Opéra,
Le mardi à la Comédie-Française,
Le mercredi à l'Opéra-Comique,
Puis, le jeudi, j' vais au Théâtre-Libre ;
Le vendredi, c'est à l'Éden-Concert,
Le samed' c'est aux Folies-Bodinier,
Et le dimanche, aux concerts Lamoureux.

LES COULISSES SCIENTIFIQUES

Assez! assez!

L'ABONNÉ

Oh! madame, je n'ai pas fini.

LES COULISSES POLITIQUES

Assez!

L'ABONNÉ

Je suis abonné au Chat-Noir, où l'on fait des ombres chinoises.

SCÈNE V

LES MÊMES, L'OMBRE CHINOISE

L'OMBRE

En effet, aujourd'hui, ce qui nous amusait lorsque nous étions enfants, est devenu œuvre d'art, grâce au talent de Caran d'Ache, de Willette, de Pille, de Rivière et de bien d'autres dessinateurs et compositeurs qui font les délices des soirées du Chat-Noir.

L'ABONNÉ

Mais ce qui est devenu bien plus à la mode que tout cela cette année, c'est la pantomime.

SCÈNE VI

LES MÊMES, LA PANTOMIME, LE SOUFFLEUR

LA PANTOMIME

Aujourd'hui, plus de bonne soirée dans le monde sans une petite pantomime.

LES COULISSES ARTISTIQUES

Quel est donc le monsieur qui vous accompagne ?

LA PANTOMIME

Expliquez qui vous êtes. (*Le souffleur mime et la panto-mime explique.*) Il vous dit qu'il est muet de naissance et que, cherchant un état, il a trouvé, grâce à la mode, un emploi de souffleur dans un théâtre de pantomime. Car là, il n'y a pas besoin de parler. Nous allons vous donner un spécimen de la nouvelle mode.

(*Entrent Pierrot et Pierrette. — Le souffleur s'installe avec un pupitre et un manuscrit pour souffler.*)

SCÈNE VII

LA PANTOMIME

ARGUMENT DE LA PANTOMIME

Pierrette entre, elle est triste ; il ne fait point soleil et Pierrot n'est pas rentré ; il a encore passé la nuit au cercle, il a joué, sans doute. Ah ! pourquoi son gentil Pierrot est-il devenu un monsieur select ? Pourquoi est-il vêtu de noir, maintenant ? Pourquoi a-t-il un monocle ? C'est certaine-ment pour plaire à une autre et Pierrette est trompée ; elle s'assied et pleure ; elle prend sa tapisserie, mais elle s'en-dort, et son visage devient tout à coup souriant ; en effet, elle rêve, elle voit Pierrot qui rentre ; mais Pierrot n'est plus le Pierrot noir, il est toujours le Pierrot d'autrefois ; il a une bouteille et un verre, il est gai, très gai ; jamais il n'a eu une aussi belle prestance ; il danse, jamais il n'a si bien dansé ; il aperçoit Pierrette, elle dort, elle est jolie comme un Amour ; avec sa belle gaîté, il s'approche, l'embrasse sur

les lèvres, et elle se laisse bercer par les baisers; Pierrot,
fou d'amour, l'enlève; elle tombe dans ses bras. Ils s'en-
lacent et disparaissent, le public ne devant pas voir ce qui
va se passer.

(L'orchestre joue une valse pendant la durée de la panto-
mime. De temps en temps, les artistes manquent de mé-
moire et le souffleur qui les suit des yeux leur explique
par gestes ce qu'ils ont à faire. A la fin de la pantomime,
Pierrot n'est pas assez fort pour enlever Pierrette; il fait
signe au souffleur et lui demande un coup de main. Le
souffleur enlève Pierrette et sort, précédant Pierrot.)

SCÈNE VIII

Tous les PERSONNAGES de la REVUE

LES COULISSES THÉATRALES

Cette griserie a dû mettre notre public en train; don-
nons-lui la liberté. Qu'il danse maintenant et qu'il répète
avec nous :

CHŒUR

Cher public, sois bon enfant,
Nous ne voulions que te plaire.
Cela fait-il ton affaire?
Applaudis-nous carrément.
Et que ce cri soit répété :
    Vive la Liberté ! (*Bis.*)

RIDEAU

ÉMILE COLIN — IMP. DE LAGNY